成語寫作本

～動物比喻篇～

姓名：____________________

班級：____________________

學號：____________________

[前言]

提起動物，你會想到毛絨絨和可愛的動物，還是張牙舞爪和兇狠的動物？原來在成語中，不少帶有動物的成語都含貶義，這可能與古代時，人們不敢直接指出別人的過錯，同時亦喜歡借物抒發感情，因此會以動物暗喻不好的事，所以動物成語不少都帶有貶義。之不過，由於是借物抒情，很多動物成語的背後都有非常有趣的故事，所以今次成語的詳解都有點長。

在今冊《成語寫作本》中，《童話夢工場》的主角和配角一同扮演歹角，穿梭於不同的場景之中，帶你通過小練習學動物成語，提升學習趣味；章節間更設有成語挑戰站，通過有趣的小遊戲，測試你對成語的認識程度，加深你對成語的了解，助你靈活運用於寫作中。全書以十二生肖為主題，加入一些有趣的動物成語，加上近義詞和反義詞，你將會認識 200 個成語。

《成語寫作本》第一冊及第二冊分別以「描寫人物」及「描寫景物」為主題，今次則揀選了以動物作比喻的成語，希望你可以了解成語背後的故事，好好活用在寫作之中。

[目錄]

鼠、牛、虎

兔、龍、蛇

馬、羊、猴

[目錄]

chapter 1

鼠、牛、虎

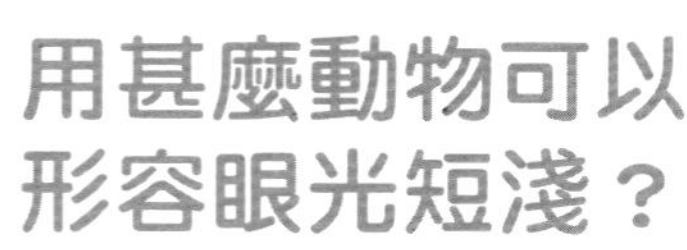

用很多牛來
比喻很少？

老虎插上翅膀就
可以變成語？

chapter 1

EX.1

阿拉丁想與老鼠比劍，卻又 ________，害怕傷到老鼠，只好以芝士條作武器。

A. 投鼠忌器

C. 蛇頭鼠眼

B. 臭味相投

D. 貓哭老鼠

貼士：想打老鼠卻怕傷及旁人。比喻有所顧忌。

答案在後頁

投鼠忌器

tóu shǔ jì qì

to throw at a rat and fear for the vase

投：用東西擲；忌：害怕。意思是想用東西擲向老鼠，但又害怕傷及旁邊的器皿。

出自《漢書．卷四十八．賈誼傳》：「故古者聖王制為等列，內有公卿大夫士，外有公侯伯子男，然後有官師小吏，延及庶人，等級分明，而天子加焉，故其尊不可及也。里諺曰：『欲投鼠而忌器。』此善諭也。鼠近於器，尚憚不投，恐傷其器，況於貴臣之近主乎！廉恥節禮以治君子，故有賜死而亡戮辱。是以黥劓之罪不及大夫，以其離主上不遠也。」寫西漢時期，大臣賈誼眼見皇帝身旁圍繞著眾多小人，卻沒有人告發。遂以「欲投鼠而忌器」，將皇上身旁的奸臣比喻為老鼠，將皇上比喻成珍貴的器皿，暗示大臣因為害怕傷及皇上，不敢懲治奸臣。

比喻想要除害，但有所顧忌而不敢下手。

chapter 1

EX.2

愛麗絲和勇勇王子為了避開魔法花粉，只好 ______________，逃離皇宮。

A. **抱頭鼠竄**

B. **抱頭痛哭**

C. **抱頭大睡**

D. **抱頭縮項**

貼士：抱著頭、如老鼠般逃走。比喻事敗慌張逃走。

答案在後頁

抱頭鼠竄

bào tóu shǔ cuàn

to cover one's head and flee away like a rat;
to flee ignominiously

竄：逃走。抱著頭，如老鼠般慌忙逃生。

出自《漢書．蒯通傳》：「始常山王、成安君故相與為刎頸之交，及爭張黶、陳釋之事，常山王奉頭鼠竄，以歸漢王。」寫秦代末年，楚漢相爭，蒯通勸韓信背棄漢朝，自立為王。可是韓信認為漢王待他不薄，不想忘恩負義。蒯通遂以戰國末年，被西楚霸王項羽立為常山王的張耳與成安君陳餘原為生死之交，但是後來常山王被困鉅鹿時，派張黶、陳釋向成安君求救被拒。常山王最後竟然殺了項嬰，捧著其頭顱，改投漢王的故事勸説韓信。

原為奉頭鼠竄，意思是捧著敵人的頭顱，狼狽逃走。後來演變為抱頭鼠竄，用來形容失敗後急忙逃走的狼狽樣子。

chapter 1

EX.3

土豪鼠貪圖眼前的小利益，__________，沒有遠見。

A. 目不忍睹　　C. 耳聞目睹

B. 鼠目寸光　　D. 避人耳目

貼士：老鼠的眼睛只看到一寸遠的地方。形容目光短淺。

答案在後頁

鼠目寸光

shǔ mù cùn guāng

short-sighted

寸：形容極小、極少、極短。光：景色。

出自清．蔣士銓《臨川夢．隱奸》：「將江湖許多窮老士養在家中，尋章摘句，別類分門，湊成各樣新書，刻板出賣。嚇得那一班鼠目寸光的時文朋友，拜到轅門，盲稱瞎讚。」批評明朝文學家陳繼儒沽名釣譽、欺世盜名。

形容目光短淺、短視，沒有遠見，難成大事。

chapter 1

EX.4

一群 ______________ 的魔盜綁架了貝兒，野獸大為緊張。

A. 鼠目寸光　　C. 頭昏目眩

B. 獐頭鼠目　　D. 臼頭深目

貼士：像獐的頭又小又尖，像老鼠的眼睛又小又凸。形容外貌醜陋的人。

答案在後頁

獐頭鼠目

zhāng tóu shǔ mù

with the head of a water deer and the eyes of a rat;
a ratty face

獐是一種細小的鹿科動物，頭部細小而尖。

出自《舊唐書 · 卷一百二十六 · 李揆傳》：「龍章鳳姿之士不見用，獐頭鼠目之子乃求官。」意思是有才德的人不被重用，反而卑鄙小人卻能做官。

亦作「鼠目獐頭」。形容外貌鄙陋，令人厭惡。

EX.5

紅心王后為人野蠻，能討她歡心的人

＿＿＿＿＿＿，少之又少。

A. 九鼎一絲　　C. 九死一生

B. 九合一匡　　D. 九牛一毛

貼士：九頭牛身上的一根毛。比喻非常少。

答案在後頁

九牛一毛

jiǔ niú yī máo

a drop in the ocean; a drop in the bucket

出自《漢書．卷六十二．司馬遷傳》：「僕之先人非有剖符丹書之功，文史星曆近乎卜祝之間，固主上所戲弄，倡優畜之，流俗之所輕也。假令僕伏法受誅，若九牛亡一毛，與螻螘何異？而世又不與能死節者比，特以為智窮罪極，不能自免，卒就死耳。何也？素所自樹立使然。人固有一死，死有重於泰山，或輕於鴻毛，用之所趨異也。」寫司馬遷被漢武帝囚禁後，本想一死了之，但他轉念一想，如果自己接受法律制裁被殺，就如九頭牛身上少了的一根毛，一點影響都沒有，和死了一隻螞蟻沒有分別。世人甚至可能認為他罪有應得，死有餘辜。於是他強忍屈辱，堅強地生存下去。

比喻極多數中的極少數，對整體沒有影響。

EX.6

鐵狼和妃妃昔日 ＿＿＿＿＿＿＿＿，今日終於能過好日子。

A. 牛角掛書

B. 牛衣對泣

C. 九牛二虎

D. 泥牛入海

貼士：穿著牛衣，相對哭泣。形容夫妻共渡貧苦的日子。

答案在後頁

牛衣對泣

niú yī duì qì

a couple living in extreme poverty

牛衣：用麻草編織而成，給牛隻用來遮雨、禦寒的衣物。

出自《漢書．卷七十六．趙尹韓張兩王傳．王章》：「初，章為諸生學長安，獨與妻居。章疾病，無被，臥牛衣中，與妻決，涕泣。」寫出身寒微的王章，與妻子居住於長安，生活困苦。有一次，他病得極為嚴重，家裡卻連被子也沒有，他只能披著以麻草編成的牛衣，心想自己必死無疑，因此哭著與妻子訣別。

後來演變成牛衣對泣，形容夫妻共渡貧困的生活。

EX.7

懶散的彎彎看著魔法學院 ________ 的藏書，不知該從哪裡開始尋找將驢子變回人類的咒語。

A. 吳牛喘月　　C. 土牛木馬

B. 老牛舐犢　　D. 汗牛充棟

貼士：書本多得充斥棟梁之間，牛隻也搬得出汗。形容書本極多。

答案在後頁

汗牛充棟

hàn niú chōng dòng

a world of books; an immense number of books

充棟：書籍繁多，堆滿屋子，充塞於棟梁之間；汗牛：牛馬搬運書籍時累得出汗。

出自唐．柳宗元〈唐故給事中皇太子侍讀陸文通先生墓表〉：「孔子作《春秋》千五百年，以名為傳者五家，今用其三焉。秉觚牘，焦思慮，以為論注疏説者百千人矣。攻計狠怒，以詞氣相擊排冒沒者，其為書，處則充棟宇，出則汗牛馬，或合而隱，或乖而顯。」精通《春秋》的陸文通死後，柳宗元寫了一篇文章悼念陸文通。指千百年來，研究《春秋》的人眾多，各式各樣的研究書籍極多，多得用牛馬搬運也會把牛馬累得滿身大汗，把書籍收藏在家，又會多得堆滿全屋。

亦作充棟汗牛。形容極多書籍。

chapter 1

EX.8

阿拉丁完全不懂得欣賞布布公主優美的琴音，為他演奏簡直是 ＿＿＿＿＿＿ ！

A. 對簿公堂

B. 對酒當歌

C. 對牛彈琴

D. 對症下藥

貼士：對著牛彈琴。比喻做事不看對象。

答案在後頁

對牛彈琴

duì niú tán qín

to cast pearls before swine

對著牛彈琴箏，但牛不理會，依然低頭吃草。

出自《弘明集．卷一．漢．牟融．理惑論》：問曰：「子云：『佛經如江海，其文如錦繡。』何不以佛經答吾問，而復引《詩》、《書》合異為同乎？」牟子曰：「渴者不必須江海而飲，飢者不必待廒倉而飽。道為智者設，辯為達者通，書為曉者傳，事為見者明。吾以子知其意，故引其事。若說佛經之語，談無為之要，譬對盲者說五色，為聾者奏五音也。師曠雖巧，不能彈無弦之琴。狐貉雖熅，不能熱無氣之人。公明儀為牛彈〈清角〉之操，伏食如故。非牛不聞，不合其耳矣。轉為蚊虻之聲、孤犢之鳴，即掉尾、奮耳，蹀躞而聽。是以《詩》、《書》理子耳。」寫牟子以春秋時代公明儀對著一頭牛彈琴箏的故事，解釋自己為何引用儒家經書，而不引用佛經向儒家學者講解佛經。

比喻說話、做事不看對象。

EX.9

得到燈神的幫助，阿拉丁 ____________，生活得更加輕鬆。

A. 虎視眈眈　　C. 狼吞虎嚥

B. 如虎添翼　　D. 三人成虎

貼士：好像老虎長出翅膀。比喻得到有力的人幫助，變得更加強大。

答案在後頁

如虎添翼

rú hǔ tiān yì

be like a tiger that has grown wings

出自三國蜀·諸葛亮《將苑·兵權》：「夫兵權者，是三軍之司命，主將之威勢。將能執兵之權，操兵之要勢，而臨群下，譬如猛虎，加之羽翼，而翱翔四海，隨所遇而施之。若將失權，不操其勢，亦如魚龍脫於江湖，欲求游洋之勢，奔濤戲浪，何可得也。」《將苑》是諸葛亮撰寫的兵書，〈兵權〉為首篇，指軍隊中的將令，如能掌握兵權、操控軍隊的威勢，就如猛虎插上翅膀，能翱翔於天下，戰力變得更強。

後來演變為如虎添翼，比喻強者得到有力的人幫助，使之更強。

錦上添花

雪上加霜

chapter 1

EX.10

惡霸常常仗著有惡爺撐腰，＿＿＿＿＿＿，到處為非作歹，今天終被樂佩教訓了。

A. 狐鼠之徒

B. 狐假虎威

C. 狐死首丘

D. 狐奔鼠竄

貼士：狐狸借老虎的威望。比喻依仗權貴威嚇他人。

答案在後頁

狐假虎威

hú jiǎ hǔ wēi

a fox exploits a tiger's might

假：假借。威：尊嚴、威望。

出自《戰國策．楚策一》：「虎求百獸食之，得狐。狐曰：『子無食我也，天帝令我長百獸，今子食我，是逆天帝命也。子以我言不信，吾為子先行，子隨我後，觀百獸之見我不走乎？』虎以為然，故遂與行。獸見之皆走，虎不知獸之畏己而走，以為畏狐也。」意思是狐狸與老虎同行，借老虎的威風嚇走百獸，而老虎則誤信百獸因害怕狐狸而逃走。

比喻依仗有權有勢的人作威作福。

chapter 1

EX.11

燈神被召喚後，不理對象是好人或壞人也會稱對方為主人，可是幫助陰險的非洲魔法師等如 ＿＿＿＿＿＿ 啊！

A. 虎踞龍盤

B. 為虎作倀

C. 狼吞虎嚥

D. 三人成虎

貼士：作為被老虎使喚的勞役。比喻幫助壞人做壞事。

答案在後頁

為虎作倀

wèi hǔ zuò chāng

to act as guide to a tiger

倀：傳説中被老虎吃掉後又成為老虎使喚勞役的鬼魂。

出自宋．蘇軾《漁樵閑話》：「獵者曰：此倀鬼也；昔為虎食之人；既已鬼矣；遂為虎之役。」意思是這是倀鬼，是過去被老虎吃掉的人，現在已成為鬼魂，被老虎使喚。

比喻幫助壞人做壞事，惡人的幫兇。

EX.12

要邪惡仙子卡拉波斯解除對塔利婭施下的咒語，無異於 ＿＿＿＿＿＿ 。

A. 放虎歸山
B. 餓虎撲食
C. 與虎謀皮
D. 豺虎肆虐

貼士：與老虎商量，要老虎剝下自己的皮。比喻要壞人自行放棄利益，必難成事。

答案在後頁

與虎謀皮

yǔ hǔ móu pí

like getting blood out of a stone

謀：商議。

出自《符子》：「周人有愛裘而好珍羞，欲為千金之裘而與狐謀其皮，欲具少牢之珍而與羊謀其羞。言未卒，狐相率逃於重丘之下，羊相呼藏於深林之中。故周人十年不制一裘，五年不具一牢。何者？周人之謀失之矣。今君欲以孔丘為司徒，召三桓而議之，亦以狐謀裘，與羊謀羞哉。」寫太史左丘明以與狐謀皮的寓言故事勸阻定公向三桓諮詢任命孔子的事宜。

原為與狐謀皮，後來演變成與虎謀皮。比喻所謀者與對方有利益衝突，或要惡人自行放棄利益，事情必定辦不成。

海中撈月

立竿見影

以鼠、牛、虎篇章所學的成語，
完成以下的挑戰。

成語動動腦 你能以成語取代橫線上的字句嗎？

① 燈神擁有強大的力量，可是<u>目光短淺</u>的他卻選擇幫助邪惡的卡拉波斯，

② <u>幫助壞人做壞事</u>，助紂為虐。

③ 布布公主想直斥燈神，卻又<u>有所顧忌不敢動手</u>，亦不敢狠心責罵，害怕傷及他的心靈；

④ 而燈神對公主的循循善誘更是一句也聽不入耳，公主猶如<u>不看對象説教</u>，

⑤ 有了燈神的幫助，卡拉波斯<u>得到有力的人幫助，變得更強大</u>。

⑥ 如今能對抗卡拉波斯的人<u>非常之少</u>。

1		2		3	
4		5		6	

GAME

答案在 140-141 頁

抱頭
鼠竄

獐頭
鼠目

鋤強
扶弱

如虎
添翼

狐假
虎威

眉清
目秀

與虎
謀皮

立竿
見影

嵬然
不動

雪上
加霜

GAME

牛			
牛			
	牛		
	牛		

	牛		
	牛		
	牛		
	牛		

答案在 140-141

chapter 2

兔、龍、蛇

怎樣形容不知
變通？

點上眼睛就會飛
也是成語？

用甚麼成語形容一個人
心腸惡毒？

EX.13

貓少爺和小貓咪敏捷地避開禮服狼和短褲牛的攻擊，禮服狼和短褲牛互相射中對方，＿＿＿＿＿＿，動彈不得。

A. 兔死狗烹

B. 兔死犬饑

C. 目兔顧犬

D. 犬兔俱斃

貼士：狗和兔子都死亡，比喻兩敗俱傷。

答案在後頁

犬兔俱斃

quān tù jǔ bì

both sides suffer

斃：死亡。

出自《戰國策．齊策三》：「韓子盧者，天下之疾犬也；東郭逡者，海內之狡兔也。韓子盧逐東郭逡，環山者三，騰山者五，兔極於前，犬廢於後，犬兔俱罷，各死其處。田父見之，無勞倦之苦而擅其功。」寫戰國時期，淳于髡以疾犬（韓子盧）追逐狡兔（東郭逡），兩者累極然後死去，而農夫則不費吹灰之力即可得到疾犬和狡兔作比喻，勸諫齊王不要攻打魏國。

後來演變為犬兔俱斃，比喻兩敗俱傷。

同歸於盡

如魚得水

EX.14

葛麗特只懂＿＿＿＿＿＿，一直在原地等待哥哥漢素的出現，不敢獨自尋找出路。

A. 守株待兔　　C. 安分守己

B. 墨守成規　　D. 杜門自守

貼士：守着樹幹等候兔子，比喻意圖不經努力而成功。

答案在後頁

守株待兔

shǒu zhū dài tù

(to get on) a gravy train

株：樹幹；待：等待。

出自《韓非子．五蠹》：「是以聖人不期脩古，不法常可，論世之事，因為之備。宋人有耕者，田中有株，兔走觸株，折頸而死。因釋其耒而守株，冀復得兔，兔不可復得，而身為宋國笑。今欲以先王之政，治當世之民，皆守株之類也。」寫韓非子以寓言故事闡述君王應因時制宜，制訂適合社會的政策，不應一味遵守古訓，不懂變通。故事中的農夫曾看過一隻兔子撞樹而死，因而放下鋤頭，守在樹旁，希望等到下一隻撞樹而死的兔子。

原比喻不想努力，心存僥倖，希望成功。現比喻拘泥於舊經驗，不懂變通。

墨守成規、刻舟求劍

見風使舵、隨機應變

EX.15

看到狐狸和貓相繼受傷，其他動物都有＿＿＿＿＿＿的感覺。怎料牠們只是假裝受傷，藉此騙取別人的同情和金錢。

A. 兔迹狐蹤　　C. 兔死狐悲

B. 兔絲燕麥　　D. 兔羅雉離

貼士：兔子死了，狐狸感到悲傷，比喻為同類不幸遭遇感到悲傷。

兔死狐悲

tù sǐ hú bēi

to grieve for one's own kind

悲：傷心。

出自敦煌變文《鷰子賦》：「鵙鴒在傍，乃是雀兒昆季，頗有急難之情，不離左右看侍。既見鷰子唱快，便即向前填置：『家兄觸誤（忤）明公，下走實增厚愧，切聞狐死兔悲，惡（物）傷其類；四海盡為兄弟，何況更同（臭）味。今日自能論競。任他官府處理。死雀就上更彈，何須逐後罵詈。』」寫黃雀霸佔燕子的新巢後被判刑，燕子感到欣慰，並直罵黃雀惡有惡報，但鵙鴒以狐死兔悲的故事指責燕子，說大家既是同類，不必落井下石。

原為狐死兔悲，後來演變為兔死狐悲。比喻因同類的不幸遭遇感到傷悲。

物傷其類

落井下石、幸災樂禍

EX.16

白兔先生 ＿＿＿＿＿＿＿＿，神出鬼沒，愛麗絲用盡方法也找不到牠。

A. 三五成群　　C. 狡兔三窟

B. 顛三倒四　　D. 舉一反三

貼士：狡猾的兔子有三個洞穴，比喻有多個藏身之所。

狡兔三窟

jiǎo tù sān kū

to hedge one's bet

狡：奸詐、狡猾。窟：洞穴。

出自《戰國策．齊策四》：「齊王謂孟嘗君曰：『寡人不敢以先王之臣為臣。』孟嘗君就國於薛，未至百里，民扶老攜幼，迎君道中。孟嘗君顧謂馮諼：『先生所為文市義者，乃今日見之。』馮諼曰：『狡兔有三窟，僅得免其死耳。今君有一窟，未得高枕而臥也。請為君復鑿二窟。』」寫馮諼以聰明的兔子有三個洞穴，才能避過獵人的追捕，免於一死的故事，指孟嘗君須有三個藏身之處才能安枕無憂。

後來演變成狡兔三窟。比喻有多個藏身之處避禍。

移花接木、掩人耳目

坐以待斃、甕中捉鱉

EX.17

美麗勇敢的貝兒決定隻身前往野獸居住的城堡，了解事情的 ＿＿＿＿＿＿。

A. 來去分明

B. 來千去萬

C. 來情去意

D. 來龍去脈

貼士：成語中有「來」和「去」，形容事情始末。

答案在後頁

來龍去脈

lái lóng qù mài

the ins and outs

來龍：山脈的主峰；去脈：山谷中主要的溪流。

出自明．無名氏《運甓記．第十三齣》：「老漢雖係村農，頗諳地理。此間前岡有塊好地，來龍去脈，靠嶺朝山，種種合格，乃大富貴之地。」寫陶侃為母親尋找墓地時，遇上懂得堪輿的老翁，指點他找到一塊富貴之地。

原為堪輿學家形容山脈的術語，本指像脈管連貫的地勢。現在用來形容事情的始末、前因後果。

前因後果、一脈相承

有始無終、有頭無尾

EX.18

《童話夢工場》的文字生動有趣，再配上精美的圖畫，簡直是 ＿＿＿＿＿＿，非常好看。

A. 畫餅充飢

B. 畫龍點睛

C. 畫地為牢

D. 畫蛇添足

貼士：畫一條龍，點上眼睛，比喻畫畫、寫作加上神來一筆，令作品更加生動。

答案在後頁

正解

畫龍點睛

huà lóng diǎn jīng

finishing touch

詳解

睛：眼睛。

出自晉．王嘉《拾遺記．卷四．秦始皇》：「始皇元年，騫霄國獻刻玉善畫工名裔，使含丹青以漱地，即成魑魅及詭怪群物之象。刻玉為百獸之形，毛髮宛若真矣。皆銘其臆前，記以日月。工人以指畫地，長百丈，直如繩墨。方寸之內，畫以四瀆、五岳、列國之圖。又畫為龍鳳，騫翥若飛，皆不可點睛。或點之，必飛走也。」在《拾遺記》中記載了不少奇聞異事，當中記載了一篇秦始皇時的一件怪事。傳說在始皇元年，有一個手藝精湛的工匠，無論畫畫或雕刻皆栩栩如生。他曾畫了幾條龍和鳳，每條都好像會飛一樣，但是每條都沒有畫上眼睛，因為一旦畫上眼睛，龍和鳳都會飛走。

後來演變為畫龍點睛，比喻畫畫、寫作時在重要之處加上一筆，使之更加生動。亦引伸來比喻做事能夠把握要點，讓事情更加圓滿。

近義詞

錦上添花、點石成金

反義詞

畫蛇添足、弄巧成拙

EX.19

青蛙王子錯認善良的朵朵公主是自大囂張的千蝶公主，以為她只是 ＿＿＿＿＿＿，不是真心想和他做朋友。

A. 金枝玉葉　　C. 一葉知秋

B. 枝繁葉茂　　D. 葉公好龍

貼士：葉公喜歡龍，比喻表裡不一。

答案在後頁

葉公好龍

yè gōng hào long

one talks the talk but does not walk the walk

葉公：古人葉子高。好：喜歡。

出自《莊子》逸文：「子張見魯哀公，哀公不禮。曰：『臣聞君好士，不遠千里以見公。今見公之好士也，有似葉公子高之好龍。葉公好龍，室中雕文盡以為龍。於是天龍聞而下之，窺頭於牖，拖尾於堂。葉公見之，棄而還走，失其魂魄，五神無主。是葉公非好龍也，夫似龍而非龍也；今君非好士也，好夫似士而非好士也。』」寫孔子的徒弟子張去到魯國，希望能得到哀公的賞識。可是卻得不到哀公的禮待，因此請人轉告哀公一個故事便離開了魯國，暗諷哀公並不是真的想結交有識之士。故事説從前有一個叫葉子高的人非常喜歡龍，家裡雕滿了龍的圖案。天上的龍知道葉公喜歡龍，因此特意飛到葉公的家，讓他看看龍的模樣。怎料葉公看到真正的龍後嚇得魂飛魄散。大家便知道葉公並不喜歡真正的龍，只是喜歡假龍。

故事演變成葉公好龍，比喻所好似是而非，表裡不一。

表裡不一

言行一致

EX.20

《童話夢工場》的主角們 ＿＿＿＿＿＿，各有本領。

A. 龍潭虎穴　　C. 降龍伏虎

B. 龍盤虎踞　　D. 藏龍臥虎

貼士：龍匿藏，老虎趴伏，比喻未被發掘的人才。

藏龍臥虎

cáng lóng wò hǔ

uncovered talent

藏：隱匿；臥：趴伏。龍、虎比喻不平凡的人。

出自北周·庾信《同會河陽公新造山地聊得寓目》詩：「橫階氣鑿澗。對戶即連峯。暗石疑藏虎。盤根似臥龍。沙洲聚亂荻。洞口礙橫松。引泉恆數派。開岩即十重。北閣聞吹管。南鄰聽擊鐘。菊寒花正合。杯香酒絕濃。由來魏公子。今日始相逢。」

後來演變成藏龍臥虎，亦作臥虎藏龍。比喻潛藏未被發現的人才。

潛龍伏虎

野無遺賢

EX.21

勇勇王子本來打算偷偷潛入皇宮拯救塔利娅，怎料卻 ＿＿＿＿＿，驚動了玫瑰士兵，被趕了出來。

A. 打退堂鼓　　C. 打草驚蛇

B. 打成一片　　D. 打抱不平

貼士：打草卻驚動了蛇，比喻行事不夠細密，使人有所防備。

答案在後頁

打草驚蛇

dǎ cǎo jīng shé

to wake up a sleeping dog

出自宋．鄭文寶《南唐近事．卷二》：「王魯為當塗宰，頗以資產為務。會部民連狀訴主簿貪賄於縣尹，魯乃判曰：『汝雖打草，吾已虵（蛇）驚。』為好事者口實焉。」寫百姓上書王魯控告主簿收受賄賂，但事實王魯亦有受賄，他於是在卷宗上批示指，百姓雖然用棍子打草叢，而自己就像藏身在草叢中的蛇，有所警惕。這件事後來淪為別人批評的話柄。

後來演變為打草驚蛇，比喻行事不夠細密，使人有所防備。

因小失大、操之過急

引蛇出洞、欲擒故縱

EX.22

伊芙皇后 ____________，對人說盡好說話，但是心腸極為惡毒，整天想著除去白雪公主。

A. 佛心蛇口　　C. 佛性禪心

B. 佛口蛇心　　D. 佛眼相看

貼士：佛說的說話，蛇的心腸，比喻表裡不一，心腸狠毒。

答案在後頁

佛口蛇心

fó kǒu shé xīn

malicious and duplicitous

佛口：佛的嘴巴；蛇心：蛇的心腸。

出自《五燈會元．卷二十．淨慈曇密禪師》：「諸佛出世，打劫殺人；祖師西來，吹風放火。古今善知識佛口蛇心，天下衲僧自投籠檻。」原用來呵責一些搬弄經典但並無實證的人。

現在用來比喻説話説得好聽，但心腸卻很惡毒。

口蜜腹劍

表裡如一

EX.23

勇勇王子的膽子很小，聽到人群的聲音就會 ＿＿＿＿＿＿，以為有人要來捕捉他。

A. 杯水車薪

B. 杯觥交錯

C. 杯弓蛇影

D. 杯盤狼藉

貼士：杯子裡有蛇的影子，比喻為不存在的事感到害怕。

答案在後頁

杯弓蛇影

bēi gōng shé yǐng

be afraid of one’s shadow

弓：發射箭的武器；影：影子。

出自漢．應劭《風俗通義．卷九．世間多有見怪驚怖以自傷者》：「予之祖父郴，為汲令，以夏至日詣見主簿杜宣，賜酒，時北壁上有懸赤弩，照於杯，形如蛇，宣畏惡之，然不敢不飲，其日，便得胸腹痛切，妨損飲食，大用羸露，攻治萬端，不為愈。」寫東漢時期，應郴請下屬杜宣喝酒，牆上的弓影照在杯中，看起來好像杯子裡有一條蛇，杜宣勉強喝下後感到胸腹疼痛、食慾不振，而且日漸消瘦，求醫多時都醫治不好。

後來演變為杯弓蛇影，比喻為不存在的事感到驚慌。

風聲鶴唳、草木皆兵

處之泰然

EX.24

精靈王子原本很快就為小紅花畫好素描，可是 ＿＿＿＿＿＿，為小紅花添加了不同的裝備，以致花不像花。

A. 畫蛇添足　　C. 畫龍點睛

B. 畫虎類犬　　D. 畫棟雕梁

貼士：畫蛇卻添加腿，比喻做了多餘的事，適得其反。

畫蛇添足

huà shé tiān zú

to gile the lily

出自《戰國策・齊策二》：「楚有祠者，賜其舍人卮酒。舍人相謂曰：『數人飲之不足，一人飲之有餘。請畫地為蛇，先成者飲酒。』一人蛇先成，引酒且飲之，乃左手持卮，右手畫蛇，曰：『吾能為之足。』未成，一人之蛇成，奪其卮曰：『蛇固無足，子安能為之足。』遂飲其酒。為蛇足者，終亡其酒。」寫戰國時期，楚國有位掌管祭祀的人，想把一壺酒賞給辦事的人，但人多酒少，所以後來決定比賽在地上畫蛇，畫得最快的人可以得到那壺酒。有一個人不一會兒就畫好，卻又添加了四隻腳，因此另一人獲勝。而第一個人就因為添加了不存在的蛇足而輸掉比賽。

故事後來演變成畫蛇添足，比喻做了多餘的事，適得其反。

多此一舉、弄巧成拙

恰如其分、畫龍點睛

以兔、龍、蛇篇章所學的成語，
完成以下的挑戰。

成語動動腦

你能以成語取代横線上的字句嗎？

① 糖果屋餐廳的老闆娘表面上很喜歡小朋友，但實際上是與她說的不一樣，

② 嘴說得好聽，但心腸惡毒。開設餐廳的原因是要吸引小朋友來訪，趁機將他們擄走，並將小朋友烹煮來吃。

③ 被囚禁的小朋友每次聽到門打開的聲音都會為不存在的事感到驚慌，以為老闆娘要立即吃掉自己，害怕得不得了。

④ 獵人知道了事情的始末及前因後果，決定出發拯救被擄走的小朋友。

⑤ 可是獵人只懂得守在餐廳門口等待老闆娘，不知變通，

⑥ 而老闆娘則有多個藏身之所，因此獵人始終找不到囚禁小朋友的地點。

1 ________ 2 ________ 3 ________

4 ________ 5 ________ 6 ________

GAME

答案在 140-141 頁

成 語 對 對 碰

下面有五對意思相反的成語，你能將它們連在一起嗎？

兔死狐悲

狡兔三窟

藏龍臥虎

畫蛇添足

打草驚蛇

引蛇出洞

落井下石

坐以待斃

畫龍點睛

野無遺賢

成 語 格 格 趣

你能在下面的空格填上文字，令每一橫行都成為一句成語嗎？

	兔		
	兔		
兔			
兔			

兔			
兔			
兔			
兔			

GAME

答案在 140-141 頁

chapter 3

馬、羊、猴

怎樣比喻時間過得很快？

行錯路的羊是怎樣的成語？

用甚麼動物形容警告別人？

chapter 3

EX.25

多閱讀 ＿＿＿＿＿＿ 的童話故事，可以刺激想像力！

A. 馬到功成

B. 天馬行空

C. 蛛絲馬迹

D. 塞翁失馬

貼士：馬匹快速奔跑，好像在天空飛一樣。
比喻才思敏捷，文筆超脫。

答案在後頁

天馬行空

tiān mǎ xíng kōng

creative; imaginative

天馬：漢代西域大宛產的好馬。行空：快速奔跑，猶如騰空飛馳。

出自元．劉廷振〈薩天錫詩集序〉：「其所以神化而超出於眾表者，殆猶天馬行空，而步驟不凡。」

比喻才思敏捷，文筆超脱，文氣豪放，亦比喻思想、行為無拘無束。

EX.26

時光飛逝，猶如 ____________，塔利婭公主轉眼就十六歲，國王和皇后十分擔心公主受卡拉波斯的詛咒所影響。

A. 駒齒未落

B. 白駒空谷

C. 白駒過隙

D. 咫角驂駒

貼士：白馬穿過罅縫，比喻時間過得很快。

答案在後頁

白駒過隙

bái jū guò xì

time flies

白駒：駿馬；隙：裂縫、洞孔。

出自《莊子．知北遊》：「人生天地之間，若白駒之過郤，忽然而已。注然勃然，莫不出焉；油然漻然，莫不入焉。已化而生，又化而死，生物哀之，人類悲之。」郤通隙，寫莊子感嘆人生在世的時間短暫，就好像駿馬一下子飛馳穿過罅隙。

比喻時間過得很快。

EX.27

露露姐姐為人橫蠻無理，經常 ＿＿＿＿＿＿，藉詞斥責並懲罰仙蒂。

A. 鹿死誰手　　C. 鴻案鹿車

B. 指鹿為馬　　D. 斬蛇逐鹿

貼士：指著鹿說是馬。比喻顛倒是非。

答案在後頁

指鹿為馬

zhǐ lù wéi mǎ

to swear black is white

出自漢 ·陸賈《新語 ·辨惑》:「秦二世之時，趙高駕鹿而從行。王曰：『丞相何為駕鹿？』高曰：『馬也。』王曰：『丞相誤邪，以鹿為馬也。』高曰：『乃馬也。陛下以臣之言為不然，願問群臣。』於是乃問群臣，群臣半言馬，半言鹿。當此之時，秦王不能自信其直目，而從邪臣之言。鹿與馬之異形，乃眾人之所知也，然不能別其是非，況於闇昧之事乎？」寫秦二世時期，奸臣趙高騎著一匹鹿隨秦王外出，秦王問他為何騎著鹿出外，趙高卻聲稱自己騎著馬，更揚言秦王可以詢問群臣。一些正直的大臣指出那不是馬，但另一些大臣卻擔心趙高殺害，不敢說真話。最後，秦二世竟然不相信自己所看到的事實，而選擇相信了趙高所說的事。

後來演變為指鹿為馬，比喻顛倒是非黑白。

顛倒是非、
顛倒黑白

循名責實

EX.28

哈哈人魚與美人魚 ________，尋找寶藏。

A. 唯利是圖　　C. 按圖索驥

B. 勵精圖治　　D. 圖窮匕現

貼士：依照圖像尋找駿馬，比喻按照掌握的線索辦事。

答案在後頁

按圖索驥

àn tú suǒ jì

to use a hackneyed method; to look for something by following a clue

按：依照；索：尋找；驥：駿馬。

出自《漢書．卷六十七．楊胡米梅云傳．梅福》：「今不循伯者之道，乃欲以三代選舉之法取當時之士，猶察伯樂之圖，求騏驥於市，而不可得，亦已明矣。」寫西漢時期，梅福上書漢成帝，批評朝廷的舉才方式守舊，猶如拿著周朝人伯樂所畫的圖像，到市場尋找駿馬一樣，結果當然找不到駿馬。

後來演變為按圖索驥，比喻做事拘泥，不知變通；不過現在多用來比喻按照掌握的線索辦事。

EX.29

如果彎彎能夠 ________，發奮讀書，就不會被逐出魔法學院。

A. 十羊九牧

B. 亡羊補牢

C. 以羊易牛

D. 問羊知馬

貼士：丟失羊後修補圈欄。比喻犯錯後及時修正。

答案在後頁

亡羊補牢

wáng yáng bǔ láo

better late than never

亡羊：丟失羊隻；補：修補；牢：飼養羊的圈欄。

出自《戰國策 · 楚策四》：「臣聞鄙語曰：『見兔而顧犬，未為晚也；亡羊而補牢，未為遲也。』臣聞昔湯、武以百里昌，桀、紂以天下亡。今楚國雖小，絕長續短，猶以數千里，豈特百里哉？」寫戰國時期，楚國大臣莊辛見楚襄王沉迷享樂，非常擔心，以「見了兔子才找獵犬追捕，不算太晚，羊跑了才修補羊圈，亦不算太遲」，勸勉楚襄王應勤力治國。

比喻犯錯後及時補救。

知錯能改

時不我與

EX.30

勇勇王子雖然看起來勇敢可靠，但實際上是 ＿＿＿＿＿＿，非常害羞和膽小。

A. 羊質虎皮

C. 羊裘垂釣

B. 羊狠狼貪

D. 羊續懸魚

貼士：披著虎皮的羊，本質還是羊。比喻外強中乾，虛有其表。

答案在後頁

羊質虎皮

yáng zhì hǔ pí

outwardly strong

出自漢．揚雄《法言．吾子》：「或曰：『有人焉，自云姓孔，而字仲尼。入其門，升其堂，伏其几，襲其裳，則可謂仲尼乎？』曰：『其文是也，其質非也。』『敢問質。』曰：『羊質而虎皮，見草而説，見豺而戰，忘其皮之虎矣。』」寫有人問揚雄，假如有人穿著孔子的衣服、住在孔子的家，並自稱為孔子，那個人是孔子嗎？揚雄以比喻回答那個人的問題，指一隻披著老虎皮的羊，雖然假裝成老虎，但牠的本質還是一隻羊，見到草堆會感到喜悦，見到豺狼會感到顫抖，因為那只是披著老虎皮的羊。

後來演變成羊質虎皮，比喻外表強大，實際很膽小，虛有其表。

外強中乾、虛有其表、繡花枕頭

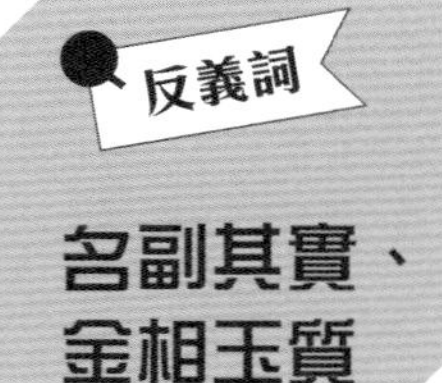

名副其實、金相玉質

EX.31

如果彎彎能認真學習，就不會

＿＿＿＿＿＿＿＿，一事無成。

A. 徘徊歧路

B. 歧路亡羊

C. 誤入歧途

D. 彷徨歧途

貼士：在分岔路丟失了羊。比喻沒有正確目標容易迷失方向。

答案在後頁

歧路亡羊

qí lù wáng yáng

going astray in a complex situation

歧路：岔路，亦比喻偏頗錯誤的道路；亡：丟失。

出自《列子．説符》：「大道以多歧亡羊，學者以多方喪生。學非本不同，非本不一，而末異若是。唯歸同反一，為亡得喪。子長先生之門，習先生之道，而不達先生之況也，哀哉！」寫楊朱從鄰居丟失了一頭羊，卻因岔路太多，即使請了鄰里幫忙尋找，但最終都空手而回的故事，體會到求學沒有正確方向容易迷失。

後來演變為歧路亡羊，比喻事物繁複多變，求道者易誤入歧途，最終一事無成。

EX.32

商人看到城堡花園裡種滿了玫瑰花，竟然＿＿＿＿＿＿＿，打算帶一朵回去送給貝兒。

A. 順口開河

B. 順水推舟

C. 順手牽羊

D. 順藤摸瓜

貼士：隨手拉走羊。比喻偷取別人財物。

答案在後頁

順手牽羊

shùn shǒu qiān yang

five-finger discount

順手：隨手；牽：拉。

出自《禮記·曲禮上》：「進几杖者，拂之。效馬、效羊者，右牽之；效犬者，左牽之。」寫進貢馬和羊的時候，由於兩者皆性情溫馴，可以用右手拉住，方便行事，但要進貢狗時，則需要用左手拉住，右手在必要時加以制伏。

後來演變為順手牽羊，比喻乘機取走別人的財物。

信手拈來、唾手可得

來之不易

EX.33

葛麗特 ＿＿＿＿＿＿＿，猶豫著應該怎樣拯救糖果王子。

A. 心猿意馬　　C. 口是心非

B. 嘔心瀝血　　D. 刻骨銘心

貼士：心意如猴子和馬一樣自由奔馳，比喻想東想西，心神不定。

答案在後頁

心猿意馬

xīn yuán yì mǎ

to carry fire in one hand and water in the other

出自《參同契．卷上．中篇》：「行則措足於坦途，住則凝神於太虛，坐則勻鼻端之息，臥則抱臍下之珠。久而調習，無有間斷，方是端的工夫。否則心猿不定，意馬四馳，神氣散亂於外，欲望結丹，不亦難乎！」寫修養內心，必須專心一致、心無雜念，才能達到最高的境界，如果心思如猿猴般不定跳躍、如快馬般四處奔馳，不受控制，則難以修心養性。

後來演變為心猿意馬，比喻想東想西，心神不定。

EX.34

土豪鼠性格冷血殘忍，自以為富有便可以欺凌別人，實在是 ________，恬不知恥。

A. 籠鳥檻猿　　C. 沐猴而冠

B. 尖嘴猴腮　　D. 猿鶴蟲沙

貼士：猴子穿衣戴帽。形容愚昧無知、依附權勢的人。

答案在後頁

沐猴而冠

mù hóu ér guàn

worthless person in imposing attire

沐猴：獼猴；冠：戴帽。

出自《史記 · 卷七 · 項羽本紀》：「人或説項王曰：『關中阻山河四塞，地肥饒，可都以霸。』項王見秦宮室皆以燒殘破，又心懷思欲東歸，曰：『富貴不歸故鄉，如衣繡夜行，誰知之者！』説者曰：『人言楚人沐猴而冠耳，果然。』項王聞之，烹説者。」寫某人向項羽獻計被拒後，背地裡批評項羽像急躁的獼猴學人穿戴冠帽，成就不了大事。

後來演變成沐猴而冠，形容虛有其表，沒有真正的能力，常用來諷刺依附權勢的人，也可形容壞人扮成好人。

chapter 3

EX.35

魔盜狂將貝兒綁在樹上，＿＿＿＿＿＿，
警告其他村民不要與他們作對。

A. 軒鶴冠猴
B. 弄鬼弔猴
C. 土龍沐猴
D. 殺雞儆猴

貼士：殺了雞警告猴子，比喻懲罰一個人以警告另一個人。

答案在後頁

殺雞儆猴

shā jī jǐng hóu

to make an example of somebody

儆：警告。

出自清 · 李寶嘉《官場現形記》：「俗話説的好；叫做『殺雞駭猴』；拿雞子宰了；那猴兒自然害怕。」傳説猴子害怕見血，馴服猴子的人殺雞放血來恐嚇猴子聽從指令。

後來演變為殺雞儆猴，亦作殺雞嚇猴，比喻懲罰一個人以警告另一個人。

EX.36

要在茫茫人海中尋找拇指姑娘就如＿＿＿＿＿＿＿，精靈王子不禁想放棄。

A. 月黑風高
C. 花前月下
B. 閉月羞花
D. 猿猴取月

貼士：猿猴在水中打撈月亮，比喻做事白費氣力。

答案在後頁

猿猴取月

yuán hóu qǔ yuè

a hopeless illusion

出自《摩訶僧祇律》卷七：「佛告諸比丘，過去世時，波羅奈城有五百獼猴，樹下有井，井中見月，共執樹枝，手尾相接，入井取月，枝折，一齊死。」本是佛教傳說中，猿猴因為對事物毫無認識，卻又心存貪念，下井撈月而墜入水中。

比喻愚昧無知，做事徒勞無功，白費力氣。

海底撈針

五穀豐登

挑戰三

以馬、羊、猴篇章所學的成語，
完成以下的挑戰。

成語動動腦 你能以成語取代橫線上的字句嗎？

① 穿短褲的牛恃著有野獸在背後撐腰，一直愚昧無知又依附權勢，仗勢凌人。

② 他甚至會在商店偷去別人的東西，

③ 被發現後，他都會顛倒是非黑白，將自己說成受害人。

④ 幸好魔女對他作出正確的制裁，避免穿短褲的牛一錯再錯，變成誤入歧途、迷失方向。

⑤ 時間過得很快，他轉眼間已完成了魔女給他的考驗，

⑥ 他慶幸當日接受了魔女的懲罰，及時改正犯過的錯誤，不算太晚。

GAME

答案在 140-141 頁

成　語　對　對　碰

下面有五對意思相反的成語，你能將它們連在一起嗎？

天馬行空

按圖索驥

無跡可尋

全神貫注

既往不咎

名副其實

殺雞儆猴

羊質虎皮

心猿意馬

一籌莫展

成　語　格　格　趣

你能在下面的空格填上文字，令每一橫行都成為一句成語嗎？

羊			
羊			
羊			
羊			

	羊		
	羊		
	羊		
	羊		

GAME

答案在140-141頁

chapter 4

雞、狗、豬

畫老虎畫得不好
又是成語？

哪個成語的意思和
從前不一樣了？

chapter 4

EX.37

精靈王子打算用魔法變成飛鳥，方便尋找拇指姑娘，怎料變成了一隻公雞，嚇得王子 ____________ 。

A. 雞飛狗走

B. 縛雞之力

C. 鶴立雞群

D. 呆若木雞

貼士：呆滯得好像木雞，形容受驚發呆的人。

答案在後頁

呆若木雞

dāi ruò mù jī

dumbstruck

木雞：木製的雞。

出自《莊子．達生》：「紀渻子為王養鬥雞。十日而問：『雞已乎？』曰：『未也，方虛憍而恃氣。』十日又問，曰：『未也，猶應嚮景。』十日又問，曰：『未也，猶疾視而盛氣。』十日又問，曰：『幾矣，雞雖有鳴者，已無變矣，望之似木雞矣，其德全矣。異雞無敢應者，反走矣。』」寫紀渻子為齊王養鬥雞，至四十天後終於將鬥雞馴養至處變不驚，百戰百勝。

原本用來比喻人的學養高深，態度穩重，但後來人們以「木雞」呆滯的模樣，用呆若木雞形容愚笨或受驚發呆的人。

EX.38

小迪的大哥生性懶惰，只想做輕鬆簡單的事情。他打算將貓少爺賣給大魔王賺一點小錢，這無疑是 ＿＿＿＿＿＿。

A. **殺雞取卵**

B. **生殺予奪**

C. **趕盡殺絕**

D. **自相殘殺**

貼士：殺掉雞後取出雞蛋。比喻貪圖眼前小利而失去長遠利益。

答案在後頁

殺雞取卵

shā jī qǔ luǎn

to kill the goose that lays the golden eggs

卵：蛋。

出自《伊索寓言》中《生金蛋的雞》。故事說從前有一個農夫，他和妻子養了一隻母雞，這隻母雞每天都會下一顆金蛋。貪心的農夫及他的妻子便以為母雞肚裡有大量金蛋，怎料屠宰母雞後，發現母雞肚內甚麼也沒有。這對愚蠢的夫婦以為可以一夜致富，卻失去了原本可以得到的穩定利益。

比喻貪圖眼前微小的好處而失去了長遠的利益。

EX.39

獵人堅持每日 ＿＿＿＿＿＿＿＿，希望為伊芙皇后獵得最大的獵物。

A. 聞風喪膽
B. 聞所未聞
C. 聞名遐邇
D. 聞雞起舞

貼士：聽到雞啼起牀舞劍。比喻把握時機，努力不懈。

答案在後頁

聞雞起舞

wén jī qǐ wǔ

be diligent in one’s studies

聞：聽到；雞：雞啼；起：起牀；舞：舞劍。

出自《晉書．卷六十二．祖逖列傳》：「年二十四，陽平辟察孝廉，司隸再辟舉秀才，皆不行。與司空劉琨俱為司州主簿，情好綢繆，共被同寢。中夜聞荒雞鳴，蹴琨覺曰：『此非惡聲也。』因起舞。逖、琨並有英氣，每語世事，或中宵起坐，相謂曰：『若四海鼎沸，豪傑並起，吾與足下當相避於中原耳。』」寫晉代的祖逖在半夜聽到雞啼，雖然別人都覺得雞啼是不祥之兆，但他覺得應該把握時間練武，因此把睡在一旁的劉琨踢醒，一同舞劍鍛煉。二人自此每日練武，從不間斷，後來獲得皇帝賞識，報效國家。

後來演變為聞雞起舞，比喻把握時機，努力不懈。

自強不息、奮發圖強

苟且偷安、自暴自棄

EX.40

自從洛奇成為了千蝶公主的守門犬後，連帶洛奇的家人也 ____________，神氣起來。

A. 雞犬不寧

B. 雞犬不驚

C. 雞犬升天

D. 雞犬桑麻

貼士：雞和狗都升上天。比喻一人得勢後，有關係的人也沾光。

答案在後頁

雞犬升天

jī quǎn shēng tiān

to ride on somebody else's success

出自晉．葛洪《神仙卷．卷四．劉安》：「時人傳八公安臨去時。餘藥器置在中庭。雞犬舐啄之，盡得昇天，故雞鳴天上，犬吠雲中也。」寫漢代淮南王劉安修煉成仙，得道升天；雞和狗吃了他剩下的仙藥，也跟著升天。

雞犬升天常和一人得道一同使用，含貶義。比喻一個人得勢，與他有關係的人也跟著發跡。

蔭子封妻

殃及池魚

EX.41

匹諾曹變成驢子，被驢子工廠賣去做苦工，須為胖子效 ＿＿＿＿＿＿ 。

A. 犬馬之命

B. 犬馬之戀

C. 犬馬之勞

D. 犬馬之決

貼士：狗和馬的辛苦工作。比喻為他人效勞。

答案在後頁

犬馬之勞

quǎn mǎ zhī láo

to serve somebody faithfully

勞：辛勤、努力做事。

出自《晉書‧段灼傳》：「願陛下思子方之仁；念犬馬之勞；思帷蓋之報；發仁惠之詔；廣開養老之制。」古代的臣子對君王自稱犬馬，甘願受君王驅使，表示效忠之意。

比喻甘願受人驅使。

死心塌地

強人所難

EX.42

貓少爺力戰三隻小豬那班 ____________，誓要將麵包送到樂佩的皇宮。

A. 狐朋狗黨

C. 狐裘蒙戎

B. 狐鳴魚書

D. 狐死首丘

貼士：狐狸朋友和狗同黨，比喻互相勾結的壞人。

答案在後頁

狐朋狗黨

hú qún gǒu dǎng

a pack of rogues

詳解

黨：因利害關係而結成的團體。

出自《三國演義》第十二回：「時賊兵雖眾，都是狐群狗黨，並無隊伍行列。」

比喻胡作非為、互相勾結的壞人。亦作狐群狗黨。

近義詞

一丘之貉

反義詞

難兄難弟

EX.43

後母卡拉打算將漢素和葛麗特遺棄在森林裡，真是 ＿＿＿＿＿＿＿＿ ！

A. 狼心狗肺

B. 豺狼當道

C. 杯盤狼藉

D. 官虎吏狼

貼士：狼的心、狗的肺。形容心腸惡毒的人。

答案在後頁

狼心狗肺

láng xīn gǒu fèi

cruel and unscrupulous

出自《醒世恆言．卷三十．李汧公窮邸遇俠客》：「不必慌張，自有話説。喒乃義士，平生專抱不平，要殺天下負心之人。適來房德假捏虛情，反説公誣陷，謀他性命，求喒來行刺；那知這賊子恁般狼心狗肺，負義忘恩！早是公説出前情，不然，險些誤殺了長者。」寫房德派人暗殺李勉，該名俠客得知房德心腸惡毒，忘恩負義，轉而殺了房德夫婦。

形容一個人的心腸像狼和狗一樣兇狠惡毒。

狼子野心、居心叵測

EX.44

露露強行穿上仙蒂的玻璃鞋，想扮成仙蒂嫁給王子，實在是 ＿＿＿＿＿＿，結果弄得雙腳又紅又腫，徒勞無功。

A. 畫餅充飢　　C. 畫蛇添足

B. 畫荻丸熊　　D. 畫虎類犬

貼士：畫老虎卻畫得像犬。比喻想學別人，卻學得不倫不類。

答案在後頁

畫虎類犬

huà hǔ lèi quǎn

to make a poor imitation

類：像。

出自《後漢書．馬援傳》：「效季良不得，陷為天下輕薄子，所謂畫虎不成反類狗也。」寫東漢告誡子侄，不應學習杜季良，免得成為輕薄之徒，就像畫不成老虎反而畫得像一頭狗。

比喻模仿別人，卻學得不倫不類，顯露自己的不濟。

東施效顰、
不倫不類

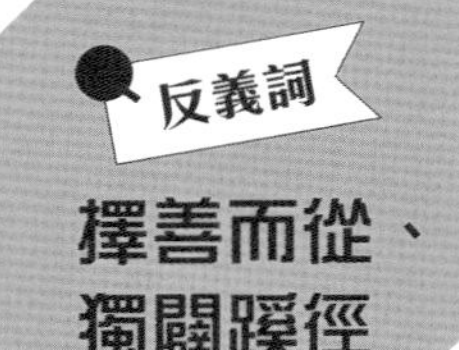

擇善而從、
獨闢蹊徑

EX.45

野獸細心閱讀每本書，小心抄下每句句子，避免犯下 ＿＿＿＿＿＿ 的錯誤。

A. 三心兩意

B. 三豖涉河

C. 三顧草廬

D. 三緘其口

貼士：三隻豬過河，比喻文字訛誤。

答案在後頁

三豕涉河

sān shǐ shè hé

printer’s error

出自戰國．呂不韋《呂氏春秋．察傳》：「子夏之晉，過衛，有讀史記者曰：『晉師三豕涉河。』子夏曰：『非也，是己亥也。夫己與三相近，豕與亥相似。』至於晉而問之，則曰晉師己亥涉河也。」寫衛國人讀晉史，誤將古字「己」看作「三」，誤將「亥」看作「豕」，原文應為己亥日渡河，卻看成三隻豬渡河。

比喻文字或印刷訛誤或失實傳聞。

EX.46

受魔鏡碎片影響的加伊性情大變，瘋狂追著小企鵝，嚇得小企鵝 ＿＿＿＿＿＿。

A. 豕交獸畜　　C. 狼奔豕突

B. 封豕長蛇　　D. 遼東白豕

貼士：像狼一樣奔跑，像豬一樣猛衝。比喻倉惶逃跑。

答案在後頁

狼奔豕突

láng bēn shǐ tū

to run like a wolf and rush like a boar

豕：豬；突：猛衝。

出自《萬古愁．擊筑餘音．重調》：「那其間有幾個狗偷鼠竊的權和曹，有幾個馬前牛後的翁和媼，有幾個狼奔豕突的燕和趙，有幾個狗屠驢販的奴和盜，有幾個梟唇鴂舌的蠻和獠，亂紛紛好一似螻蟻成橋，鳩鵲爭巢，蜂蠍跟淘，豚蜮隨潮。哪裡有閒工夫記這些名和號！」全首散曲由盤古初開，寫到清兵南下金陵淪陷，對古代聖賢逐一批評。

比喻倉惶逃跑，或壞人肆意破壞。

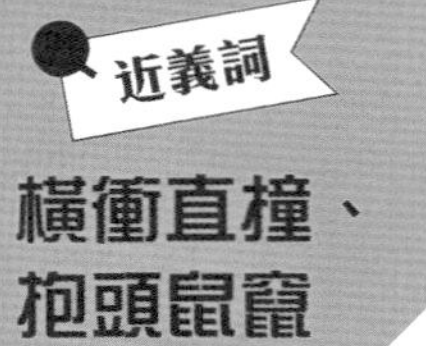

EX.47

美女乙誤交 ____________，加入了帥哥美女盜賊團，四處搶掠。

A. 豬朋狗友

B. 目豬奴戲

C. 蜂合豕突

D. 一龍一豬

貼士：豬朋友和狗朋友。比喻不好的朋友。

答案在後頁

豬朋狗友

zhū péng gǒu yǒu

a fast crowd

出自歐陽山《苦鬥》四十四：「擔心的是咱爺兒倆辛辛苦苦積攢下來的一份家業，將來不夠他跟那些豬朋狗友天天去吃醋溜紋銀子！」

比喻好吃懶做、不務正業的朋友。亦比喻只能一同享樂，不能共患難的朋友。

EX.48

國王教導布布公主就如 ____________ 的故事，言行一致，把布布養育成一個孝順有禮的公主。

A. 教學相長　　C. 殺彘教子

B. 有教無類　　D. 因材施教

貼士：殺掉豬去教育孩子，比喻父母應該言行一致，才能教好子女。

答案在後頁

殺彘教子

shā zhì jiào zǐ

the importance of parents as role models

彘：豬。

出自《韓非子．外儲説左上》：「曾子曰：『嬰兒非與戲也。嬰兒非有知也，待父母而學者也，聽父母之教。今子欺之，是教子欺也。母欺子，子而不信其母，非以成教也。』遂烹彘也。」寫曾子對妻子説，不可以欺騙兒子，因為兒子甚麼都不懂，只會學習父母，聽從父母的教導，如果現在欺騙了他，就是教育他欺騙別人，如果母親欺騙了兒子，兒子就不會再相信母親。

比喻父母應教導子女應該言行一致。

挑戰四

以雞、狗、豬篇章所學的成語，
完成以下挑戰。

成語動動腦

你能以成語取代橫線上的字句嗎？

① 離開了卡本特的匹諾曹結識了一班胡作非為的壞朋友，

② 跟著他的狐狸和貓也都因為他得勢而沾光，神氣起來，

③ 他們更打算到卡本特的家搜刮一番，真是像狼和狗一樣兇狠惡毒！

④ 怎料門一打開，聽到一些聲音後，狼和貓倉惶逃跑，一哄而散，

⑤ 匹諾曹更被這一班曾經稱為好友的不務正業的朋友推倒地上，

⑥ 嚇得他受驚發呆得像一隻雞。

1		2		3	
4		5		6	

GAME

答案在 140-141 頁

成語對對碰

下面有五對意思相反的成語，你能將它們配在一起嗎？

殺雞取卵

狐朋狗黨

聞雞起舞

畫虎類犬

犬馬之勞

獨闢蹊徑

強人所難

苟且偷安

深謀遠慮

難兄難弟

成語格格填

你能在下面的空格填上文字，令每一橫行都組成一句成語嗎？

犬			
犬			
犬			
犬			

	犬		
	犬		
	犬		
	犬		

GAME

答案在 140-141 頁

chapter 5

其他動物

怎樣用貉貍形容
壞人？

用青蛙如何形容
人無知？

飲毒酒止渴也是
成語？

EX.49

在別人的眼中，圍著小熊貓東東的那群動物是 ＿＿＿＿＿＿，都是兇猛的野獸，但牠們其實都是可愛的小動物啊。

A. 丘山之功　　C. 胸有丘壑

B. 一丘之貉　　D. 狐死首丘

貼士：一個山丘裡的貉貍，比喻都是壞人，沒有分別。

答案在後頁

一丘之貉

yī qiū zhī hé

be cut from the same cloth; to tar somebody with the same brush

丘：山；貉：貍，一種似狐狸的動物。

出自《漢書．卷六十六．公孫劉田王楊蔡陳鄭傳．楊敞》：「惲聞匈奴降者道單于見殺，惲曰：『得不肖君，大臣為畫善計不用，自令身無處所。若秦時但任小臣，誅殺忠良，竟以滅亡；令親任大臣，即至今耳。古與今如一丘之貉。』惲妄引亡國以誹謗當世，無人臣禮。」寫楊惲發表議論，指古今皇帝都愛聽奸臣小人的説話，就如一個山丘裡的貉貍一樣，沒有甚麼差別。

比喻彼此都同樣低劣，沒有差別。

EX.50

青蛙王子決定離開皇宮增廣見聞，避免成為 ＿＿＿＿＿＿ 。

A. 蛙鳴蟬噪

B. 春蛙秋蟬

C. 蠅聲蛙噪

D. 井底之蛙

貼士：井底的青蛙。比喻閱歷少、見識狹窄的人。

答案在後頁

井底之蛙

jǐng dǐ zhī wā

a coconut-shell full of water is an ocean to an ant

出自《莊子．秋水》：「井蛙不可以語於海者，拘於虛也；夏蟲不可以語於冰者，篤於時也；曲士不可以語於道者，束於教也。」意思是無法跟住在井底的青蛙談論海洋之大，因為青蛙受到生活圈子所限；無法跟夏天的蟲子談論冬天，因為蟲子的生命短暫有限；無法跟鄙陋之人談論真理，因為他們受到教育背景所限。

後來演變為井底之蛙，形容見識淺薄狹窄的人。

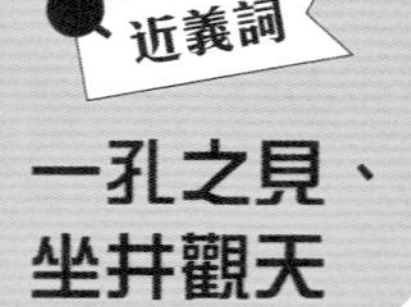

EX.51

＿＿＿＿＿＿，由於大家都不好好愛惜森林，森林變得烏煙瘴氣。

A. 蟲沙猿鶴　　C. 物腐蟲生

B. 夏蟲語冰　　D. 水火兵蟲

貼士：物品腐爛，然後長出了蟲，比喻事出有因。

答案在後頁

物腐蟲生

wù fǔ chóng shēng

ruin befalls only on those who have weaknesses

物：物質；腐：腐爛。

出自宋．蘇軾《范增論》：「物必先腐也，而後蟲生之；人必先疑也，而後讒入之。」意思是東西腐爛了才會生蟲，人生疑後容易被人中傷挑撥。

比喻禍患的發生，一定有內部原因，事出必有因，亦比喻人有弱點才讓別人有機可乘。

EX.52

狐狸和貓 ____________，一個扮跛，一個裝瞎，四處招搖撞騙欺騙路人。

A. 狼狽不堪

B. 狼狽為奸

C. 周章狼狽

D. 首尾狼狽

貼士：狼和狽一同做違法的事，比喻互相勾結做壞事。

答案在後頁

狼狽為奸

láng bèi wéi jiān

to work hand in glove with somebody

狽：傳說中和狼很相似的動物，前腳極短；奸：勾結敵人、違法的事。

出自唐．段成式《酉陽雜俎．卷十六．毛篇》：「或言狼、狽是兩物，狽前足絕短，每行常駕兩狼，失狼則不能動，故世言事乖者稱『狼狽』。」傳說中，狽和狼是外形相似的動物，不過狽的前腳極短，一定要騎著兩頭狼才能行走，沒有狼就不能行動。所以世人將事情不順利，處境窘迫的情況稱為狼狽。

比喻互相勾結做壞事。

同流合污

志同道合

EX.53

鐵狼抓住大牛、愛迪生和小翔，強迫他們扮成小狼女。____________，事後打算將他們煮成晚餐。

A. **鳥盡弓藏**
B. **笨鳥先飛**
C. **龜文鳥跡**
D. **驚弓之鳥**

貼士：鳥沒有了，就收起弓。比喻事成之後，將有功勞的人一腳踢開。

答案在後頁

鳥盡弓藏

niǎo jìn gōng cáng

to cast somebody aside once he has served his purpose

盡：完；藏：收起。

出自《史記．卷四十一．越王勾踐世家》：「蜚鳥盡，良弓藏；狡兔死，走狗烹。」意思是飛鳥射盡之後，就將弓藏起來不用。野兔死了，就將獵犬殺了煮來吃。

比喻事成之後，就將有功勞的人疏遠或殺掉。

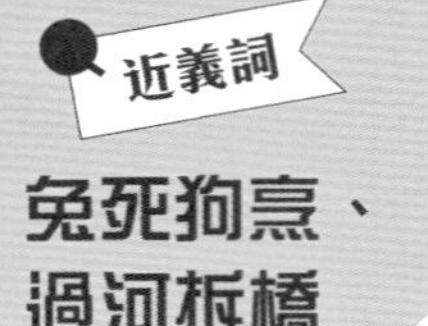

兔死狗烹、過河拆橋

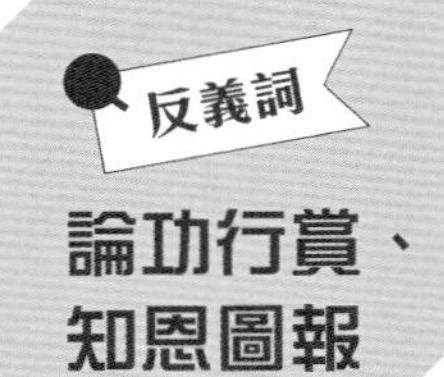

論功行賞、知恩圖報

EX.54

如果留在夢中與瘋帽子一同享用茶點，可能會一直感到很快樂，但是這無異於__________，從此將不會醒過來，後果非常嚴重。

A. 飲水思源

B. 飲露餐風

C. 飲鴆止渴

D. 飲河鼴鼠

貼士：飲毒酒止渴，比喻用錯誤的方法解決問題。

答案在後頁

飲鴆止渴

yǐn zhèn zhǐ kě

to drink from the poisoned chalice

詳解

鴆：音「朕」，用鴆鳥羽毛製成的毒酒。

出自《後漢書．卷四十八．楊李翟應霍爰徐列傳．霍諝》：「光衣冠子孫，徑路平易，位極州郡，日望徵辟，亦無瑕穢纖介之累，無故刊定詔書，欲以何名？就有所疑，當求其便安，豈有觸冒死禍，以解細微？譬猶療飢於附子，止渴於酖毒，未入腸胃，已絕咽喉，豈可為哉！」寫東漢時期，有人上書皇帝誣告宋光更改皇帝詔書，宋光的外甥霍諝為他辯護，指宋光出身官宦世家，仕途平順，身居要職，品格亦無缺失。這樣的人怎會冒死修改皇帝詔書？這好比飢餓的人吃有毒的附子充飢、喝毒酒止渴，食物還未進到肚子就會死掉，不可能有這樣的人。

後來演變為飲鴆止渴，比喻用錯誤的方法解決眼前的問題，而不顧將來嚴重的後果。

近義詞

急功近利、挖肉補瘡

反義詞

從長計議

EX.55

森林裡的城堡住著一頭野獸，大家都以為他非常兇狠邪惡，但大家只是 ＿＿＿＿＿＿，沒有人真正了解過野獸的為人與內心。

A. 豹死留皮　　C. 熊心豹膽

B. 虎豹之文　　D. 管中窺豹

貼士：從管中偷看豹子，比喻只看到事情的一小部分。

答案在後頁

管中窺豹

guǎn zhōng kuī bào

to miss the big picture; to have a limited view of something

窺：從細小的洞或罅縫中偷看、觀看。

出自南朝宋‧劉義慶《世説新語‧方正》：「王子敬數歲時，嘗看諸門生樗蒲。見有勝負，因曰：『南風不競。』門生輩輕其小兒，迺曰：『此郎亦管中窺豹，時見一斑。』子敬瞋目曰：『遠慚荀奉倩，近愧劉真長！』遂拂衣而去。」寫王羲之的兒子王子敬年幼時，看父親與門生玩賭博遊戲，居然能看得出勝負，但被門生取笑他就如從管中看豹子，只能看到事實的一小部分，並不能看清全貌。氣得王子敬拂袖離去。

比喻只看到事物的一小部分，而不知全貌。

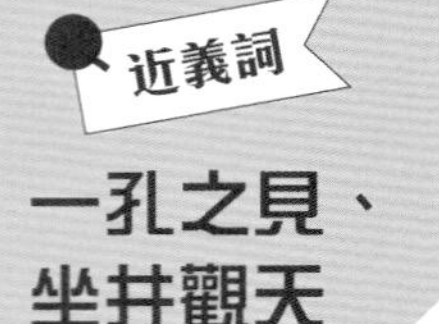

EX.56

白雪公主帶著一盤金幣到河邊許願，期望可以變得更有自信，但這無異於________，徒勞無功。

A. 緣木求魚

C. 沉魚落雁

B. 情同魚水

D. 魚目混珠

貼士：爬上樹捉魚，比喻做事用錯方法。

答案在後頁

緣木求魚

yuán mù qiú yú

to wring water from a flint

緣：攀爬；木：樹。

出自《孟子．梁惠王上》：「然則王之所大欲，可知已，欲辟土地，朝秦、楚，蒞中國而撫四夷也。以若所為，求若所欲，猶緣木而求魚也。」寫戰國時期，齊宣王向孟子請教齊桓公與晉文公的霸業事跡。孟子建議齊宣王以仁德統治，才能治國、平天下，否則就如爬到樹上去捉魚，不可能達成目的。

後來演變為緣木求魚，比喻做事用錯方法，徒勞無功。

刻舟求劍、水中撈月

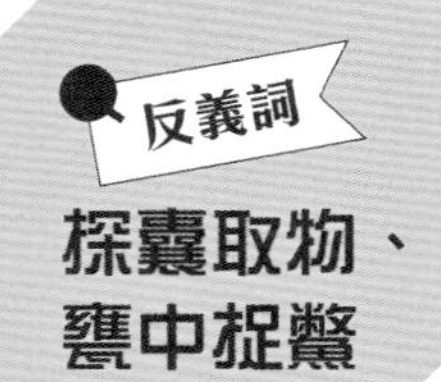

探囊取物、甕中捉鱉

chapter 5

EX.57

阿拉丁原本想不勞而獲，想了各種藉口推卸工作，卻被燈神發現並安排辛勤工作時間表，阿拉丁 ＿＿＿＿＿＿，只好舉手投降，認真工作。

A. 非驢非馬

B. 籠驢把馬

C. 黔驢技窮

D. 騎驢覓驢

貼士：驢子沒有其他本領，比喻用盡了絕無僅有的本領。

答案在後頁

黔驢技窮

qián lǘ jì qióng

at one's wit's end

黔：貴州省在戰國時期屬楚黔中地，故稱為黔。窮：盡頭。

出自唐．柳宗元〈三戒．黔之驢〉：「黔無驢，有好事者船載以入。至則無可用，放之山下。虎見之，龐然大物也，以為神，蔽林間窺之。稍出近之，慭慭然，莫相知。他日，驢一鳴，虎大駭，遠遁；以為且噬己也，甚恐。然往來視之，覺無異能者；益習其聲，又近出前後，終不敢搏。稍近，益狎，蕩倚衝冒。驢不勝怒，蹄之。虎因喜，計之曰：『技止此耳！』因跳踉大㘎，斷其喉，盡其肉，乃去。」寫從前貴州沒有驢，有人帶來一頭驢，老虎見牠的外表高大，以為是神，所以最初不敢接近。但後來發現那頭驢除了大叫，就只會踢腳，並無其他本領，因此撲上去將驢咬死。

故事後來演變為黔驢技窮，比喻用盡了有限的本領，顯露拙劣的本質，亦形容一個人做事的方法很普通，毫無特別。

無計可施、束手無策

神通廣大

以《成語寫作本》所學的成語，完成以下挑戰。

成語動動腦

你能以成語取代橫線上的字句嗎？

白雪公主逃離皇宮，想避開伊芙皇后的咒詛，以為見到七個小矮人就可以獲得拯救，畢竟童話故事裡，七個小矮人會救公主的嘛。怎料，眼前這七個小矮人卻與伊芙皇后是 ①一樣都是壞人。七個小矮人 ②互相勾結做壞事，嘴裡説自己是鏡子國的守護人，實際上是 ③表裡不一，心腸狠毒，背後 ④依仗皇后的勢力威嚇他人，捉走不認同自己的國民。可是，如果認同七個小矮人的做法，猶如 ⑤飲毒酒止渴一樣，變相鼓勵他們的暴行。

七個小矮人將白雪公主捉住，並將她獻給皇后，更有 ⑥懲罰公主一人但警告其他人之效，國民再也不敢違抗七個小矮人。

有一日，鄰國的白馬王子來到城鎮，發現城民都無精打采，他了解到事情的 ⑦經過及前因後果，奮不顧身拯救被囚禁的白雪公主。伊芙皇后終於 ⑧用盡了有限的本領，顯露拙劣的本質，無計可施。皇后 ⑨將幫過自己的人踢開，將罪名都推到七個小矮人身上，自己則 ⑩事敗慌張抱頭逃走，離開鏡子國。

1		2		3		4		5	
6		7		8		9		10	

GAME

答案在 140-141 頁

成語對對碰

下面有十對意思相反的成語，你能將它們連在一起嗎？

杯弓蛇影

甕中捉鱉

井底之蛙

論功行賞

志同道合

應付自如

高瞻遠矚

義無反顧

循名責實

指鹿爲馬

沐猴而冠

秀外慧中

投鼠忌器

鼠目寸光

處之泰然

見多識廣

狼狽爲奸

鳥盡弓藏

呆若木雞

緣木求魚

成語格格趣

你能在下面的空格填上文字，令每一橫行都成為一句成語嗎？

豕			
	豕		
		豕	
			豕

虎			
	虎		
		虎	
			虎

馬			
	馬		
		馬	
			馬

豹			
	豹		
		豹	
			豹

蛙			
	蛙		
		蛙	
			蛙

蟲			
	蟲		
		蟲	
			蟲

答案在 140~141 頁

答案

挑戰一【p.31-32】

成語動動腦

1. 鼠目寸光　　2. 為虎作倀
3. 投鼠忌器　　4. 對牛彈琴
5. 如虎添翼　　6. 九牛一毛

成語對對碰

抱頭鼠竄——嵬然不動
獐頭鼠目——眉清目秀
狐假虎威——鋤強扶弱
與虎謀皮——立竿見影
如虎添翼——雪上加霜

成語格格趣

牛角掛書　牛衣對泣　九牛二虎　泥牛入海
吳牛喘月　老牛舐犢　土牛木馬　汗牛充棟

挑戰二【p.59-60】

成語動動腦

1. 葉公好龍　　2. 佛口蛇心　　3. 杯弓蛇影　　4. 來龍去脈
5. 守株待兔　　6. 狡兔三窟

成語對對碰

兔死狐悲——落井下石
畫龍點睛——畫蛇添足
打草驚蛇——引蛇出洞
狡兔三窟——坐以待斃
藏龍臥虎——野無遺賢

成語格格趣

目兔顧犬　犬兔俱斃
兔死狗烹　兔死犬饑
兔跡狐蹤　兔絲燕麥
兔死狐悲　兔羅雉離

挑戰三【p.87-88】

成語動動腦

1. 沐猴而冠　　2. 順手牽羊
3. 指鹿為馬　　4. 歧路亡羊
5. 白駒過隙　　6. 亡羊補牢

成語對對碰

天馬行空——一籌莫展
按圖索驥——無跡可尋
羊質虎皮——名副其實
殺雞儆猴——既往不咎
心猿意馬——全神貫注

成語格格趣

羊質虎皮　羊狠狼貪　羊裘垂釣　羊續懸魚
十羊九牧　亡羊補牢　以羊易牛　問羊知馬

挑戰四【p. 115-116】

成語動動腦

1. 狐朋狗黨　2. 雞犬升天
3. 狼心狗肺　4. 狼奔豕突
5. 豬朋狗友　6. 呆若木雞

成語對對碰

殺雞取卵——深謀遠慮
聞雞起舞——苟且偷安
犬馬之勞——強人所難
畫虎類犬——獨闢蹊徑
狐朋狗黨——難兄難弟

成語格格趣

雞犬不寧　雞犬不驚　雞犬升天　雞犬桑麻
犬馬之命　犬馬之戀　犬馬之勞　犬馬之決

終極挑戰【p. 137-139】

成語動動腦

1. 狐朋狗黨　2. 狼狽為奸　3. 佛口蛇心　4. 狐假虎威　5. 飲鴆止渴
6. 殺雞儆猴　7. 來龍去脈　8. 黔驢技窮　9. 鳥盡弓藏　10. 抱頭鼠竄

成語對對碰

井底之蛙——見多識廣
緣木求魚——甕中捉鱉
呆若木雞——應付自如
投鼠忌器——義無反顧
指鹿為馬——循名責實
沐猴而冠——秀外慧中
鼠目寸光——高瞻遠矚
杯弓蛇影——處之泰然
狼狽為奸——志同道合
鳥盡弓藏——論功行賞

成語格格趣

豕交獸畜　封豕長蛇　狼奔豕突　遼東白豕
虎踞龍盤　為虎作倀　狼吞虎嚥　三人成虎
馬到功成　天馬行空　蛛絲馬跡　塞翁失馬
豹死留皮　虎豹之文　熊心豹膽　管中窺豹
蛙鳴蟬噪　春蛙秋蟬　蠅聲蛙噪　井底之蛙
蟲沙猿鶴　夏蟲語冰　物腐蟲生　水火兵蟲

成語檢索

成語寫作本

～動物比喻篇～

繪畫	貓十字
編著	蔓玲姐姐
設計	siuhung
校對	伍秀萍
出版	創造館 CREATION CABIN LTD. 荃灣美環街 1-6 號時貿中心 6 樓 4 室
電話	3158 0918
發行	泛華發行代理有限公司 香港新界將軍澳工業邨駿昌街七號二樓
印刷	高科技印刷集團有限公司
出版日期	第一版　2020 年 7 月 第二版　2023 年 8 月
ISBN	978-988-74562-8-5
定價	$68
聯絡	creationcabinhk@gmail.com